20 Petite Histoires

Écrit par

Martin Lundqvist

C'est un travail de fiction. Toutes les similitudes avec des personnes et des événements réels sont des coïncidences.

20 Petit Histoires

All images are taken from Pixabay.com.

Attributions (Pixabay tag), in order of appearance, below

Train (Harald_Landsrath)
Assassin (Victoria_Borodinova)
Margarita (Alexas_Fotos)
Cemetery (darksouls1)
Cat & Phone (Clker-Free-Vector-Images)
Old Lady(Clker-Free-Vector-Images)
Black cat (christels)
Library (Pexels)
Couple (Pexels)
Credit Card (Republica)
No Cube (ulleo)
Dragon (garfild012)
Chainmail: LadyEarlene
Bride (maya_7966)
Fire Alarm (rgaudet17)
Tennis Match (Pexels)
Fat Buddha (Josch13)
Clown (Couleur)
Trophy (arembowski)
Laundromat (RyanMcGuire)
Piano (Pexels)
Money (Maklay62)
Maldives (romaneau)
Figurine (Sollien)
Lake Titicaca (fransoopatrick)
Temple (pexels)
Veil (Couleur)
Lab (skeeze)
Iris (KELLEPICS)
Clones (ErikHowle)
Breakfast (StockSnap)
Gnome (stux)
Bazaar (Pexels)
Mount Cook (Kewl)
Drugs (dertrick)

Cowboy (Wadams)
Coffee Machine (Pexels)
herring (mp1746)
Masked man (SamWilliamsPhoto)
Botanical gardens (79997)
Angel (Pixel2013)
Fading Away (Durer_Imon)
Man with pistol (SamWilliamsPhoto)
Chinese woman (cuncon)
Chinese Soldier (PublicDomainPictures)
Biohazard (anjawbk)
Mercedes (Peasa)
Gaia (darksouls1)
Baby (PublicDomainPictures)
Timer (epicioci)
Bushfire (sippakorn)
Cockatoo (Holgi)
Girl (langll)
Knife (Twighlightzone)
Santa (ArtsyBee)
Elf (Sipa)
North Pole (WikiImages)
Nun(TheDigitalArtist)
Sex (Victoria_Borodinova)
Demon (darksouls1)
Saint (pixel2013)
Crying woman (Victoria_Borodinova)
Nun (GDJ)
Contraceptives (GabiSanda)
Man (pornfree)
Jenga (Zaimful)
Rough Woman (MadalinCalita)
No (GDJ)
Pies (dancepool)
Casket (carolynabooth)
Sad Woman(JerzyGorecki)
Jack in a box (ErikaWittlieb)
Man in facemask (DanielT-wal)
Cat (Sbringser)
Bag (Pexels)

Meurtre dans le Ghan.

Je voyageais dans le Ghan, le train de nuit le plus chic qui traversait une partie de l'Australie, d'Adelaïde jusqu'à Darwin. Pour la plupart des gens, c'était un moyen fantastique de découvrir les régions intérieures de l'Australie, mais pour moi, cela représentait autre chose. J'étais en mission.

Je m'appelle Samantha Nyamwasa et je suis la seule survivante de ma famille, conséquence du génocide perpétré au Rwanda en 1994. J'ai embarqué dans ce train pour tuer Patrick Bagosora, l'homme qui a assassiné ma famille et qui a échappé à la justice en vivant en Australie sous une fausse identité.

Je terminais donc ma boisson dans le wagon restaurant luxueux lorsque je dis à mon mari Jakob que j'avais besoin de me rendre aux toilettes. Ce n'était pas vrai, je devais accomplir quelque chose de bien plus important. Le moment était venu pour Patrick Bagosora de payer pour ses méfaits.

Je publiais un article qui détaillait ses crimes

puis je récupérais le pistolet que j'avais acheté illégalement. Après ça, je diffusai en direct sur une chaîne en streaming et je me rendis dans sa cabine. J'ouvris la porte puis je tirai sur l'homme qui avait assassiné ma famille, tout en filmant le meurtre et en le retransmettant en ligne. Jakob me vit et accourut dans ma direction.

— Samantha, qu'as-tu fait !
— Je l'ai fait !
— Mais quoi donc ?
— J'ai tué Patrick.

— Mais pourquoi ? Tu as perdu la tête ?
— Non, il a tué toute ma famille. Je suis stérile et je suis la dernière de ma lignée. C'était ma résolution.
— Alors, que fait-on maintenant ?
— Je vais faire ce que Patrick aurait dû faire. Je vais avouer mes crimes et exécuter la sentence.

Quelque temps plus tard, le train s'arrêta et

la police m'interpella à notre arrivé à Alice Springs. Dans les jours qui s'ensuivirent, je reçus des nouvelles fantastiques. L'autopsie révéla que Patrick Bagosora était mort plusieurs heures avant que je ne lui tire dessus. Quelqu'un l'avait empoisonné la nuit précédente.

Le tribunal décida donc de réduire les charges qui pesaient contre moi et me condamna pour avoir profané un cadavre et pour possession illicite d'une arme à feu. Comme mon cas était unique, l'affaire bénéficia d'une exposition internationale et j'utilisai cette opportunité pour raconter mon histoire à ma famille et pour rappeler au monde la souffrance endurée par mes compatriotes Rwandais.

Un an plus tard, je fus libérée de prison, et je fis quelque chose qui aurait dû être fait depuis longtemps. Je retournai au Rwanda pour me recueillir sur le caveau de ma famille, installée dans un joli cimetière.

> — Je l'ai fait. J'ai tué l'homme qui vous a assassiné et j'ai rappelé au reste du monde la détresse de notre peuple. J'ai réalisé le meurtre parfait.

Je m'agenouillai devant la tombe, espérant que l'esprit de mes ancêtres entendrait ma voix et me répondrait.

— Je l'ai fait. J'ai tué l'homme qui vous a assassiné et j'ai rappelé au reste du monde la détresse de notre peuple. J'ai réalisé le meurtre parfait. J'ai confessé le second meurtre de Patrick Bagosora, ce qui a convaincu la police que je n'étais pas vraiment celle qui l'avait tué. Pourtant, c'était moi. La nuit où il est mort, je lui avais apporté une Margarita Frozen que j'avais préparée et à laquelle j'avais ajouté du cyanure. Il ne l'a jamais vu venir, ni les enquêteurs d'ailleurs, confessai-je, radieuse.

Tout en me relaxant dans le cimetière et en admirant le coucher du soleil, j'étais soulagée d'avoir accompli le meurtre parfait et d'avoir enfin trouvé la paix intérieure.

Le chat sauvé par sa curiosité

Je suis un matou stérilisé de huit ans. Ma colocataire m'appelle Eden, mais je préfère Damier, vu que ma fourrure est recouverte de taches noires et blanches qui rappellent l'aspect d'un plateau de jeu de d'échecs. Ma colocataire s'appelle Angela, mais je l'appelle Crinière Grise parce qu'elle est âgée et qu'elle a de longs cheveux gris. Crinière Grise et moi sommes amis depuis des années, elle me sert de la nourriture délicieuse et me procure un toit. En retour, je lui offre de la compagnie vu qu'elle semble très seule. J'ai une vie ennuyeuse mais facile.

Aujourd'hui, j'ai essayé de la réveiller comme je le fais chaque jour. Mais quelque chose n'était pas pareil. Elle était froide et ne bougeait pas. J'ai reconnu cet état, c'était le même que celui des souris une fois que je les ai tuées, même si je ne les mange pas étant donné que Crinière Grise me donne des aliments plus savoureux. J'en conclus donc que ma colocataire humaine était morte. Son décès me rendait triste, mais surtout j'étais inquiet. Qu'allait-il advenir de moi et de mon mode de vie confortable

? Comment allais-je trouver de la nourriture ? Occasionnellement, j'avais aperçu des chats sauvages. Ils menaient des vies misérables, condamnés à se battre pour leur territoire et pour se nourrir. Dans de telles circonstances, comment allais-je survivre ?

Je savais que je devais trouver un nouvel ami humain, mais c'était risqué. Si les humains ne m'aimaient pas, ils m'enfermeraient et me tueraient. En revanche, si j'essayais de vivre par mes propres moyens, je serais affamé et probablement tué par l'un de ces chats durs à cuire qui erraient dans le voisinage. Alors, j'ai échafaudé un plan. Si je pouvais dire aux autres gens ce qui est arrivé à Angela, je serais un héros, et ils m'accueilleraient chez eux.

J'ai repéré le téléphone d'Angela. Je l'avais déjà vue parler dedans, donc je me suis dit que je pourrais essayer. J'ai tenté de miauler dans le téléphone pendant une demi-heure, mais rien ne s'est produit. J'ai réalisé que je devais quitter l'appartement pour trouver de l'aide. Je vis au second étage, et comme la fenêtre était ouverte, je

suis sorti. Une fois à terre, j'ai vu la laverie du coin. Je me suis dit « si j'appuie sur le bouton, quelqu'un va peut-être venir... » Je savais qu'il serait difficile de le presser, alors j'ai sauté la tête la première sur le bouton pour avoir assez de force. La machine s'est allumée et a fait du bruit. Cela a attiré l'attention de la dame qui s'occupe de la laverie. Elle a descendu les escaliers puis s'est adressée à moi.

— Oh, mais ce ne serait pas le chat d'Angela ?

— Miaouw, miaouw, ai-je répondu (je déteste la limite imposée par mes cordes vocales).

— Quelque chose est arrivé à Angela ? a-t-elle demandé.

— Miaouw miaouw, ai-je répondu et j'ai commencé à lui indiquer la direction de l'appartement d'Angela.

Par chance, elle m'a compris et m'a suivi jusqu'à la porte de l'appartement. Je lui ai offert mon miaulement le plus nerveux et elle a tapé à la porte à plusieurs reprises. Pour finir, elle a utilisé le double des clés qu'Angela lui avait donné, puis elle est entrée à l'intérieur et à découvert son

corps. La dame de la laverie, qui s'appelait Hélène, était gentille et m'a laissé rester chez elle. Elle avait également un chat, ainsi j'ai un ami chat désormais, bien que parfois ma chère Angela me manque.

Cent rencarts obtenus grâce à Tinder.

Le sexe et les autres besoins physiologiques. Je regardais le livre que lisait mon prétendu rencart obtenu sur Tinder. J'avais été surpris lorsqu'elle avait suggéré que l'on se retrouve dans la bibliothèque, mais m'y voici. D'après le livre qu'elle lisait, ce rencart pouvait se conclure en beauté !

— Emma ? demandai-je.

Et elle abaissa son livre pour me sourire.

— Salut. Geoffrey, je suppose ? répondit-elle.

— Oui. C'est un choix intéressant de lecture ! dis-je tout en lui adressant un clin d'œil.

— En effet, ce livre contient tellement de détails intimes que tu pourrais en perdre haleine, dit-elle d'une voix aguicheuse.

— En perdre haleine ? Que veux-tu dire ? demandai-je.

Puis, je me mordis la langue en constatant que mon ignorance allait donner une autre

tournure à cette conversation pourtant prometteuse.

— Oui, car ta mâchoire se décrocherait. Façon de parler, bien entendu, expliqua-t-elle.

— Oui, bien sûr. Il semblerait que l'on apprenne beaucoup de choses dans une bibliothèque. Je suis ici depuis moins d'une minute, et j'ai déjà appris une nouvelle expression, lui dis-je avant de sourire.

— Imagine comment tu serais transformé après avoir passé deux heures en ma compagnie. Tu deviendrais un nouvel homme ! s'exclama-t-elle, excitée.

Je réfléchissais à l'affirmation d'Emma. J'avais vraiment besoin de changer, et elle avait tout de l'enseignante idéale. Je souris puis je décidai de m'adresser à elle.

— Que dirais-tu de prendre un café dans le salon de thé en bas ? Même si j'aime beaucoup les livres, lire ensemble n'est pas terrible pour un premier rendez-vous.

— Oh, mais tu ne m'as pas clairement proposé un rencart. On peut passer une

soirée incroyablement intéressante en lisant ensemble. Toutefois, je serais également ravie de boire un café, dit-elle, toute souriante.

Nous descendîmes, et je me rendis au comptoir pour commander deux cappuccinos. Au moment de payer, je fis un constat terrible : je n'avais pas d'espèces sur moi et je ne savais pas laquelle de mes vingt-quatre cartes bancaire était créditée. J'avais pensé qu'arrêter d'utiliser ces satanées cartes permettrait d'éviter d'être endetté indéfiniment, mais j'en avais besoin pour exhiber mes moyens. Plusieurs cartes de paiement furent rejetées et je commençais à paniquer à l'idée de ne pas trouver la bonne carte. Malheureusement, ce rencart Tinder commençait à ressembler à l'identique à celui de la semaine dernière !

Finalement, Emma tendit au caissier un billet de dix dollars et elle me gratifia d'un sourire narquois lorsque nous récupérâmes nos cafés pour les apporter à

notre table.

En prime, notre discussion fut étouffée par le bruit causé par le trafic ainsi que par les vibrations de mon téléphone.
— Ne t'en fais pas pour moi, tu peux répondre au téléphone, me fit savoir Emma.
À contrecœur, je répondis à l'appel.
— Comment s'est passé ton rencart ? me demanda Martin, un ami auteur.
— Je travaille toujours dessus, répondis-je.
— Dans ce cas, mieux vaut ne pas te déranger, répondit-il avant de raccrocher.
« Sans déconner ! » pensai-je.
Puis, je me tournai pour parler avec Emma.

Elle n'était plus là. Elle avait dû filer en douce pendant ma conversation téléphonique. Je me suis mis à pleurer en mon for intérieur. Si je menais une carrière brillante en tant qu'avocat, j'avais obtenu 100 rendez-vous consécutifs sur Tinder sans en conclure un seul au lit !

> Si je menais une carrière brillante en tant qu'avocat, j'avais obtenu 100 rendez-vous consécutifs sur Tinder sans en conclure un seul au lit !

Un mariage digne d'un conte de fée

L'air était enfumé et l'attente avait atteint son comble. Mon meilleur ami était sur le point de se marier, et il n'y avait qu'un moyen de le célébrer : faire la fête comme en 1969 un soir d'été.

Je parcourus mes notes. J'étais censé prononcer un discours, mais je ne parvenais pas à trouver les mots. Mon ami et moi venions de nous enlacer, mais je devais faire en sorte que cela reste sobre. En effet, nos rivaux n'avaient pas vraiment de sens de l'humour.

— As-tu prévu un meurtre ou une exécution pour le mariage ? me demanda d'une voix sensuelle la soeur très sexy de mon ami, qui était également son épouse. Oui, le mariage avait lieu à Westeros ! Je ne savais pas quoi lui répondre. Devais-je révéler mon projet d'empoisonner le roi et de prendre le contrôle du royaume, ou devais-je la jouer relax ? Je décidai

de passer aux confessions, sur le ton de la plaisanterie.

— Rien de spécial Danielle, je compte juste déposer un peu de serpentaire dans le calice du roi pour pimenter un peu la fête, avouai-je avant de rigoler.

— Oh, j'adorerais voir ça, répondit-elle. Puis, elle m'adressa un clin d'œil et elle s'éloigna pour aller divertir d'autres invités.

Le problème quand on plaisante à propos d'un régicide, c'est que l'on ne sait pas si les gens vont vous soutenir tant que l'on n'a pas essayé. Mais je peux vous affirmer quelque chose, les mariages des contes de fée sont incroyablement stressants !

Quand je suis de retour sur Terre, j'entends souvent des femmes qui racontent le mariage féerique dont elles rêvent. Elles ne savent pas de quoi elles parlent. J'ai assisté à une dizaine de ce type de mariages, et il y a eu des morts lors de huit de ces dix célébrations. Des régicides, des attaques de dragon, des fées enragées ou des dieux vengeurs, c'est un miracle si je suis encore en vie !

J'ai également été présent à plusieurs

mariages dans le monde réel. L'incident le plus grave dont j'ai été témoin est une foulure à la cheville. Rapidement soignée avec des glaçons. Ce qui est bien moins effrayant que Morgor le Dragon Rouge ! En parlant de Morgor, ai-je parlé de fumée ? Je paniquais parce que je n'avais pas apporté mon épée ni ma baguette magique. Puis, je compris que j'étais dans le monde réel, la fumée provenait d'un départ d'incendie qui s'était déclaré dans la cuisine, et quelqu'un avait appuyé sur le bouton d'alarme.

La sirène s'éteignit et nous dûmes tous sortir et affronter une pluie glaciale. Sandra, la véritable fiancée de mon ami, était bouleversée et elle sanglotait à cause de sa robe en piteux état. Elle houspilla mon ami Brian à cause de la pluie.
— Je rêvais d'un mariage comme dans les contes de fée, et voilà ce que tu m'as organisé ! s'exclama-t-elle.
— Vive Silencia Noctis, déclarai-je avant de réaliser que le sort de silence ne fonctionnait pas ici.
— Quoi ? répondit Sara.
— Eh bien, au moins, personne n'est mort, ajoutai-je d'une voix rassurante.
— Je ne peux pas croire que Brian t'ait choisi comme témoin, gronda-t-elle avant de partir comme une furie.

> Des régicides, des attaques de dragon, des fées enragées ou des dieux vengeurs, c'est un miracle si je suis encore en vie !

Pour finir, l'incendie fut éteint et nous retournâmes dans la salle. Alors que nous marchions, Brian s'approcha de moi.
— Tu as prononcé la réplique sur Noctis un poil trop fort ! dit-il, la voix empreinte de déception.
Puis, il s'en alla auprès de son épouse.

Un match de tennis de haut niveau!

Prends ça ! m'exclamai-je, alors que mon coup parfaitement frappé touchait la ligne de fond, hors de portée de Sebastian, mon adversaire.
— Ah, tais-toi ! C'était un coup de chance ! dit-il tout en me souriant.

L'affirmation de Sebastian me fit réfléchir. Il y avait eu onze jolis coups gagnants au cours du match, et nous étions en train de jouer depuis deux heures consécutives. Heureusement, je n'avais pas gardé en mémoire les ratés, sinon je serais dans un état catatonique, si je n'avais pas cogné ma raquette sur le court à cause de la frustration. Dans la vie, il faut toujours se souvenir des meilleurs moments. Je me disais souvent que je suis un auteur à succès, que mes livres sont traduits dans neuf langues différentes, grâce à des forums littéraires sur internet. Toutefois, je ne pensais pas au fait que mes livres m'avaient rapporté

seulement deux petits dollars.

Encore sous l'euphorie de mon coup droit gagnant, j'observais le croissant de lune que l'on devinait malgré le manteau nuageux. Il brillait autant que Sebastian sur un court de tennis, c'est-à-dire très peu.
« Arrête ! » cria ma voix intérieure. « Si Sebastian est mauvais, comment cela se fait-il que tu as perdu cinq matches d'affilée contre lui ? » poursuivit-elle.

J'écoutais la voix de la raison et j'en conclus que je devais vaincre l'obstacle insurmontable qui se tenait devant moi de l'autre côté du court. C'était l'heure de regagner mon honneur en tant que champion de tennis du court de Raleigh Park. Ou au moins, de devenir le meilleur joueur de mon cercle d'amis.

— Tu as raison, admis-je au moment de serrer la main de Sebastian lorsque nous changeâmes de côté.

— Bien sûr. Allez, le jeu décisif de ce match. Tu es prêt à suffoquer et à perdre ta graisse, comme d'habitude ? dit-il avec un sourire en coin.

— Non, aujourd'hui, ce sera différent, répondis-je.

Puis, je me remis à jouer.

Dix balles plus tard, après avoir percuté le filet, les arbres et la voiture du voisin, une opportunité s'offrit à moi. La balle rebondit à la perfection pour se présenter juste devant ma raquette. Je me concentrai sur elle et je la frappai comme un dieu. Elle rebondit juste avant la ligne de fond, impossible à rattraper pour mon adversaire

statique. Quel beau vainqueur je faisais ! Sebastian s'approcha de moi pour me féliciter.

— Impressionnant, pour une fois, tu n'as pas flanché.

J'acquiesçai avant de répondre.

— En effet. J'avais en tête de remporter de nouvelles victoires. Parce que ce coup avait eu raison de mon ami et allait le plonger dans la spirale de la défaite.

> Prends ça ! m'exclamai-je, alors que mon coup parfaitement frappé touchait la ligne de fond, hors de portée de Sebastian, mon adversaire.

Blanchissage d'argent au lavomatique

J'effectuais un tour du monde à sac à dos lorsque je suis resté une semaine à Sydney. Un problème survient inévitablement quand on se lance dans ce genre d'aventure, à savoir la question du linge. Ainsi, je cherchais une laverie. Soudain, j'en trouvais une qui semblait peu chère et plutôt simple, ce qui était parfait pour mon budget. Je rentrai dedans et l'endroit éveilla aussitôt ma curiosité. Dans une laverie, on rencontrait toujours soit un préposé qui vous encaisse pour le service, soit une machine automatique si la boutique n'était pas gardée par un employé, de manière à s'assurer que l'on paie pour le service. Cette fois-ci, je ne vis rien de tel.

J'inspectai la lessiveuse de plus près. Après tout, j'avais plus de trente ans et il pourrait s'agir de l'un de ces lavomatiques où l'on paie avec des bitcoins, PayPal ou Dieu je ne sais quoi. J'examinai l'appareil et à ma surprise, une note de piano fut jouée lorsque je pressai l'une des touches de la

machine à laver. J'appuyai sur les autres touches et elles correspondaient également avec d'autres notes de piano. Qui pourrait concevoir une machine à laver comme ça ? Alors, une idée me vint. Et si le lavomatique servait de couverture pour une quelconque activité ? Et si je pouvais déverrouiller une trappe secrète en composant une mélodie bien spécifique ? Cette idée saugrenue me fit sourire, mais je décidais tout de même d'essayer.

Cela dit, quelle mélodie jouer ? Je me souvenais que lorsque je jouais à Resident

Evil dans les années 90, l'une des portes s'ouvrait quand on jouait Moonlight Sonata. J'allais sur internet pour récupérer les notes de cette chanson et je me mis à la jouer à l'aide des huit boutons disposés sur le cadran de la machine à laver. Au bout d'un certain temps, je réussis à la reproduire. À mon immense surprise, cela fonctionna et un passage secret s'ouvrit au fond de l'une des machines à laver.

Je savais que c'était dangereux mais je devais juste suivre ce passage pour voir ce qui se trouvait de l'autre côté. J'atterris dans une salle remplie de tas de billets de banque. De toute évidence, je mettais le nez dans une opération de blanchissage d'argent dans une laverie. Cela tombait bien. Je me figeai lorsque j'aperçus une caméra de sécurité, mais cela m'incita à tendre la main. Je savais que les truands avaient vu mon visage, alors je devais agir vite. Je plongeai quelques billets de 100 dollars dans ma poche et je me précipitai vers mon hôtel pour récupérer mon passeport. Je ne me souciai même pas de ranger mes affaires dans mon sac et je partis directement vers l'aéroport dans le but de quitter le pays. Juste avant d'embarquer dans l'avion à destination des Maldives, je prévins la police au sujet d'une opération de blanchissage d'argent. Avec un peu de chance, cela empêcherait les malfrats de me retrouver.

À tous ceux qui condamneraient mes agissements, j'ai une seule question à vous poser.

À ma place, qu'auriez-vous fait ?

> À tous ceux qui condamneraient mes agissements, j'ai une seule question à vous poser.
> À ma place, qu'auriez-vous fait?

La quête pour découvrir le voile de Pachamama

Je me saisissais de la statuette argentée et étincelante de Pachamama que j'avais rangée dans mon sac à dos usagé et couvert de rayures. Je regardais Elaine, ma partenaire, et elle opina. Enfin. Nous étions dans le tombeau sacré de Pachamama, une déesse Inca sur Terre. En réalité, il s'agissait d'une alien d'origine Zétienne qui avait pris une forme divine pour fidéliser des humains.

Je ramassai la carte dessinée à l'encre que j'avais utilisé dans la tombe. On y était enfin, l'endroit que Juan Pizarro avait noté. Toutefois, nous avions quelque chose qui lui faisait défaut en 1540, la statuette qui servait de clé pour accéder au jardin secret du temple.

Je regardai le mur. Il y avait une ouverture, façonnée précisément pour accueillir notre statuette. J'étais sur le point d'introduire la figurine dans l'encoche lorsque j'entendis la voix d'Elaine.
— Martin, j'ai peur. Allons-nous vraiment voir le cadavre d'une divinité ? Et si elle n'est pas morte ?

— Ne t'inquiète pas, Elaine. Les Zétiens ne sont pas de vrais dieux, et si Pachamama était enfermée ici depuis des siècles, elle serait morte depuis le temps, répondis-je. Toutefois, je sentais que le malaise de ma partenaire me troublait.

Je fis abstraction de mes peurs. J'étais ici en mission et je comptais bien la remplir. J'encastrai la figurine puis j'attendis un déclic. Soudain, le mur se déplaça et révéla le tunnel. J'entendis une voix perçante et stridente rappelant le sifflement d'un grillon. De cette voix, émanaient des chants incompréhensibles dans une langue alien.
— Quel est donc ce bruit ? s'exclama Elaine.
— C'est juste un enregistrement. Pachamama l'a probablement utilisé pour éloigner les autochtones le jour, répondis-je avec une assurance feinte. Peu importe, nous avons une mission et j'en suis ! poursuiv-is-je.

— Je ne vais pas là-dedans ! s'obstina-t-elle.
— Bon, eh bien j'y vais tout seul, répondis-je, la voix irritée.

Puis, je m'enfonçai dans le tunnel. Au moment où j'entrais dans le jardin secret du temple dédié à Pachamama, mes narines furent envahies par une odeur âcre et sucrée. D'où venait-elle ? Alors, je découvris la source de ce parfum particulier au centre de la pièce, là où le corps de Pachamama gisait sur l'autel. Elaine s'approcha de moi.
— Est-elle morte ? demanda-t-elle avec hésitation.
— On dirait, mais il n'y a qu'un moyen d'en être sûr, répondis-je.
— Mais pourquoi un corps dégagerait une telle odeur ? demanda-t-elle.
— C'est probablement dû à la technologie zétienne de préservation des corps, répondis-je tout en

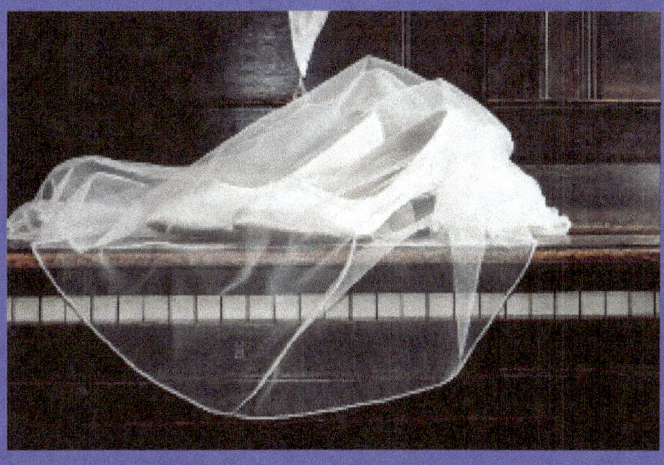

m'approchant de Pachamama pour toucher son corps.
Le cadavre, qui était froid et couvert de graisse, me remplit de dégoût.

— Que faire maintenant ? demandais-je à la voix qui s'était installée dans ma tête depuis mon accident au Népal en 2022.
— Ta mission ici est de t'emparer du voile de Pachamama. Brûle la dépouille, l'humanité n'est pas prête à accepter la vérité.
— Oui, impératrice Rangda, répondis-je avant de me saisir du voile.

Nous incinérâmes le corps de Pachamama puis nous quittâmes le temple sans échanger un mot. Notre véritable mission attendait encore d'être accomplie !

> — Ta mission ici est de t'emparer du voile de Pachamama. Brûle la dépouille, l'humanité n'est pas prête à accepter la vérité.

Le Premier Clone Humain

J e m'appelle Martin Orchard et je travaille dans un laboratoire scientifique secret. Officiellement, nous travaillons sur l'utilisation des cellules souches pour soigner le cancer, mais en secret nous développons le clonage afin de permettre à notre mystérieux employeur de vivre éternellement, en changeant de corps à sa guise une fois que l'actuel arrive en fin de vie.

Ainsi, je scannai mon iris pour accéder au département secret de clonage de notre laboratoire scientifique, puis je rencontrai mon superviseur excentrique, Frank Van Stein. Il étudiait la croissance d'un fœtus vivant dans une cuve, simulant les conditions d'un utérus humain. Je l'observai nerveusement puis je m'approchai de lui.
— Le clonage... dit-il avant de s'interrompre pendant un moment.
Puis, il se remit à parler.
— La vérité, elle est toujours belle et terrible, c'est pourquoi il faut l'aborder avec

beaucoup de précaution.
— Est-ce encore une citation de Voltaire ? lui demandai-je pour le taquiner.
— Non, il s'agit de Harry Potter, répondit-il.

Je restai silencieux durant quelques instants. Pourquoi mon mentor citait Harry Potter ? Je n'y pensais déjà plus lorsque Frank reprit la parole.
— Regarde, voici le cinquième enfant de notre mystérieux bienfaiteur. C'est également son premier enfant qui est un clone de lui.
— Alors, commençai-je, il n'a jamais tenté ça auparavant.
— N'est-ce pas assez évident ? rétorqua Frank en fronçant les sourcils.
Agacer mon superviseur me rendit nerveux. Mais j'avais besoin d'en savoir davantage, je travaillais ici depuis six mois, et on me gardait toujours dans l'ombre.
— Pour qui travaille-t-on ? À quel point nos recherches sont-elles confidentielles ? Quel est notre objectif ultime ?

Des sensations montèrent à la surface et je ne pouvais plus rester calme.
— Frank, vous devez être honnête avec

moi. Que se passe-t-il ici ? demandai-je.

— Je ne peux pas te le dire. Cette information est classifiée et au-dessus de tes autorisations, répondit-il.

Sa réponse m'énerva et je me déchainai.

— Dites-moi ce qui se passe, sinon je démissionne.

— Tu ne peux pas démissionner, argua Frank.

— Si, je peux ! rétorquai-je.

Et avant qu'il ne puisse ajouter quelque chose, je décidai de poursuivre.

— Qu'est-ce qui va se passer alors, hein ? Frank prit une profonde inspiration pour se calmer et il répondit.

— Tu es…

Sa réponse me plongea dans la confusion.

— Je suis quoi ? lui demandai-je.

— Tu es le chef de cette entreprise, Martin, répondit-il franchement.

— De quoi parles-tu ? demandai-je.

— Suis-moi, ordonna-t-il.

Puis, je le suivis dans la salle protégée par le plus haut niveau de sécurité. Alors, je l'ai vu, mon cadavre dans une cuve.

— Nous avons développé la technologie de clonage il y a de cela de nombreuses années, tu es mort dans un accident il y a un an. Six mois plus tard, ton clone a été mis au monde, mais on y a implanté les souvenirs d'une autre personne, expliqua Frank.

Je cédai à la panique lorsque j'inspectais mon cadavre. Ma tête se mit à tourner. Soudain, je m'évanouis et lorsque je me réveillai, j'étais couché dans un lit à côté de la magnifique femme que j'avais épousé. Elle me sourit avant de s'adresser à moi.

— Bonjour, Daniel. Que désires-tu prendre au petit déjeuner ?

> Nous avons développé la technologie de clonage il y a de cela de nombreuses années, tu es mort dans un accident il y a un an.

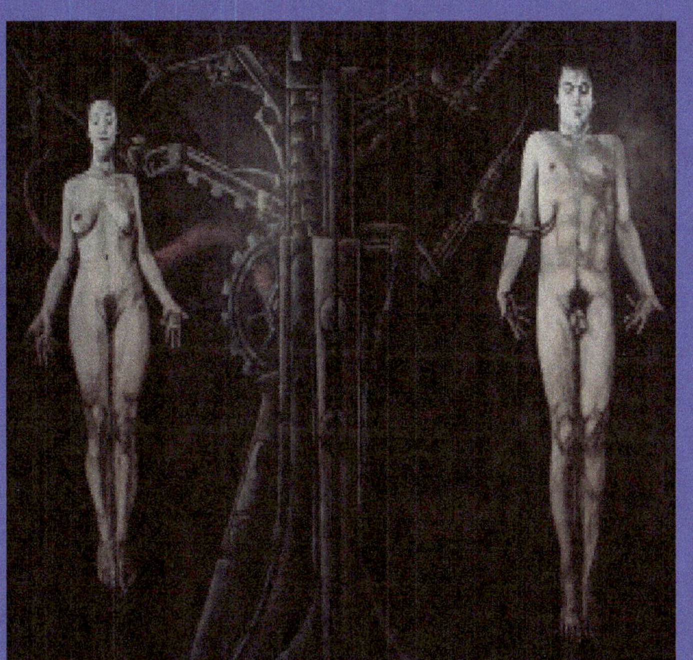

Le maire de Mayonnaise Manor

Bibelots et autres souvenirs inutiles.

Je fixais l'enseigne, incrédule, puis je réalisai que je l'avais lue correctement la première fois. Enfin, je remarquai à une certaine distance celui que je pris pour le gérant et j'entrai dans la petite boutique. J'avais voyagé une semaine en Nouvelle-Zélande avec Elaine, ma partenaire. Je pouvais encore l'entendre s'exclamer confusément.

— Ne va pas dans une boutique qui s'appelle comme ça, ils n'ont sûrement rien d'intéressant à vendre.

J'ignorais la voix de la raison et j'entrais dans la boutique. Je fus approché par un homme qui ressemblait à l'un des hobbits issus de la trilogie du Seigneur des Anneaux. Il mesurait 1,20m environ, possédait une moustache époustouflante et semblait provenir tout droit du XIXème siècle au vu de ses manières. « Waouw, un vrai Néo-Zélandais », pensai-je lorsqu'il s'approcha, tout en tenant un pot de mayonnaise dans sa main.

— Chaos : la mayonnaise du maire, dit-il

avant de me montrer le pot.

— Quel drôle de nom, et pourquoi voudrais-je d'un pot de mayonnaise ? demandai-je, perplexe.

— Son nom vient du fait que je suis le maire de cette ville. Et elle est réputée pour sa mayonnaise. En outre, je vais provoquer le chaos si tu ne veux pas la goûter pour l'acheter, affirma l'espèce de petit hobbit. Je dévisageai l'homme pour détecter un indice qui me permettrait de savoir s'il s'agissait d'une blague typique des Kiwis, mais il se contentait de me fixer avec sérieux, sans même esquisser un sourire. La mayonnaise ne m'intéressait pas, mais peut-être pourrais-je lui acheter autre chose, pensai-je. Je regardai alentour et à mon grand désarroi, le boutiquaire ne vendait que de la mayonnaise !

L'homme trépignait d'impatience et approchait son pot de mayonnaise trop près de mon visage à mon goût.

— Hum, combien coûte un pot ? demandai-je avec hésitation.

— Ah, enfin un client ! s'exclama-t-il. Puis, il sourit mais sans exhiber ses dents.

— A-ha ! Cette délicieuse mayonnaise

coûte seulement vingt dollars, répondit le vendeur avec fierté.

Vingt dollars pour de la mayonnaise, quelle arnaque ! Et je n'en avais même pas besoin.
— Je ne suis pas intéressé, déclarai-je. Ensuite, je m'éloignai de lui.
— Ne contrarie pas les habitants de ce village, au risque de provoquer le chaos du maire ! menaça-t-il d'une voix hostile. Après ça, il jeta le pot en verre par terre, nous éclaboussant tous les deux.

« Barre-toi », pensai-je. Puis, je me précipitai vers la sortie, poursuivi par le Maire de Mayonnaise Manor. Chassé par le hobbit enragé,

j'oubliai de regarder autour de moi en sortant de la boutique. Je trébuchai et tombai la tête la première dans une grande piscine gonflable remplie de mayonnaise.
Alors que je me relevai, j'entendis une réplique familière.
— Surprise, tu t'es fait piéger par la caméra cachée !

Satanés kiwis ! Heureusement, les royalties obtenus grâce à ma courte carrière à la télé m'avaient permis de financer une semaine supplémentaire de voyage, et je comptais me délecter de la beauté sauvage de ce pays, bien éloignée de la population néo-zélandaise. Ce jour-là, ma partenaire Elaine

> — Ne contrarie pas les habitants de ce village, au risque de provoquer le chaos du maire ! menaça-t-il d'une voix hostile.

Librairie Shenanigan's

Je me trouvais dans la librairie du coin, avec l'intention de travailler sur un devoir d'école lorsque l'acide prit le contrôle de mon corps.

Je m'insérai dans la file d'attente de la cafétéria, où un serveur dont j'ignorais le nom, habillé comme un cowboy, manipulait la machine à café. Je fixai les mains sordides du barista qui comptaient à elles deux douze doigts. Soudain, j'entendis une détonation et la machine à café tomba en panne.

— Monsieur, je suis désolé, mais la machine est hors service, expliqua-t-il.

— Vous plaisantez ? J'ai besoin de ce café ! ricanais-je devant le serveur.

— Désolé, mais notre technicien a manqué son train, et je ne sais pas comment réparer la machine, s'excusa-t-il.

— Mais, il doit bien y avoir quelqu'un de compétent dans les parages ? demandai-je.

— Et pourquoi vous n'essayez pas ? proposa-t-il.

Voilà une suggestion bizarre. Je ne savais pas comment réparer une machine à café

cassée, surtout pas lorsque ma tête était envahie par un acide. Toutefois, je réalisai que cela faisait partie d'un plan divin, ainsi je devais lui répondre par l'affirmative.

— Ok. Défi accepté. Je vais la réparer à deux conditions, affirmai-je.

— Je vous écoute. La queue est longue et composée d'écrivains furieux et en mal de café. J'ai peur pour ma sécurité ! plaida-t-il.

— D'abord, nous devons changer l'ambiance. Mettez la musique Cupid's Letters de Beige Backpack en arrière-fond, ordonnai-je.

— C'est une vraie chanson ou vous vous moquez de moi ? répondit-il.

— Vous la trouverez sur YouTube, répondis-je, en réalisant que l'heure était venue pour le monde d'être témoin de ma créativité musicale exceptionnelle.

— Trouvé, dit-il.

Puis, il lança la chanson et me dévisagea avec un regard clairement désapprobateur. De toute évidence, il ne savait pas apprécier la grande musique.

— Ah. De la musique dans mes oreilles ! répondis-je tout en souriant d'un air béat.

— Ok, le psycho. Quelle est ta deuxième exigence pour réparer cette satanée machine ? ricana-t-il.

— J'ai besoin de vous pour ouvrir cette conserve d'éperlan, répondis-je tout en lui tendant la boîte contenant ce plat connu en Suède, le surströmming.

Le serveur ouvrit la conserve et l'odeur de poisson pourri l'obligea à courir vers les toilettes. Quelle mauviette ! En sentant le fumet de ce plat, je me rendais compte que je n'avais plus faim et je laissai le poisson là, sans l'avoir touché.

Je bondis par-dessus le comptoir pour me lancer dans une carrière de réparateur de machines à café. Je l'imaginais prometteuse mais le néant s'empara de moi et je m'évanouis.

Quelques heures plus tard, je me réveillai pour découvrir que j'étais en garde à vue. Apparemment, ma conserve de surströmming avait suscité la peur d'une attaque terroriste chimique car les Australiens n'étaient pas familiers avec une telle odeur. Au lieu de devenir l'héros du jour, je fus sous le coup d'une amende conséquente pour frais de déplacement de la police et vandalisme sur une machine à café. Dire que j'avais voulu me rendre utile !

> Ma conserve de surströmming avait suscité la peur d'une attaque terroriste chimique car les Australiens n'étaient pas familiers avec une telle odeur.

La menace masquée

Dans l'ombre d'un jacaranda, Ace Marcel Perouse supervisait les jardins botaniques royaux ensoleillés de Sydney. Ace se sentait idiot. Pourquoi se trouvait-il dehors alors qu'il faisait incroyablement chaud, quand il était plus agréable de dormir à l'ombre dans une chambre climatisée à fond ?

Ace était à la fois soulagé et frustré parce qu'il ne pouvait pas transpirer. S'il le faisait, sa tenue noire en cachemire, ses chaussures de danse de salon, ses gants blancs, son chapeau imposant et son masque d'opéra seraient tous trempés à cause de la sueur. Mais au moins, la chaleur infernale qui faisait suffoquer son corps se dissiperait.

Ace remarqua le regard des gens se poser sur lui lorsqu'ils le croisaient. Il avait choisi une tenue peu appropriée pour se fondre dans la masse, mais ce n'était pas sa faute. La relation spéciale qu'il entretenait avec les miroirs faisait qu'il ne se souciait pas de son apparence.

Ace retournait aux observateurs un regard hostile, mais il était trop faible pour s'occuper de plusieurs humains au vu de sa condition actuelle. S'il exposait sa peau au rayonnement terrible du soleil, ce serait la fin pour lui.

— Je dois sortir de là ! pensa Ace, et il accéléra pour atteindre une partie déserte du parc. Pendant son sprint, un bout de sa nuque fut exposé au soleil, ce qui lui causa une douleur atroce.
— Continue, encore un peu, se répéta Marcel.

Ace atteignit une partie retirée du parc. Il trouva de l'ombre sous un arbre et il s'effondra à terre. Ace regrettait d'être seul dans ce monde, que personne ne soit là pour le soulager de ses souffrances. Alors, il entendit une voix féminine chanter.

— Lorsque le jour succède à la nuit, nous devons tous nous unir. Nous allons apporter l'harmonie entre les ténèbres et la lumière.

Ace se sentait en paix avec lui-même. Ses visions lui avaient révélé que le seul moyen de sustenter sa faim était de se nourrir le jour.

Ace chercha l'origine de la mélodie. Une femme habillée en blanc chantait devant un miroir. Il se faufila derrière la femme qui ne se doutait de rien, se préparant à se gorger de son sang et à se libérer de la malédiction qui le tourmentait. Ace fut distrait lorsqu'il observa son reflet, renvoyé par le miroir, ou plutôt par son absence de reflet. Il haleta bruyamment et elle se retourna brusquement.

— Jessica Lockhart ? s'exclama Ace.

— Ace Marcel Perouse ! Je savais que tu viendrais, répondit-elle.

— Que se passe-t-il ? demanda-t-il.

— C'est l'heure de lever la malédiction qui t'a été infligée en ce jour fatidique, répondit-elle.

— Mais comment parviens-tu à exposer ta peau face au soleil ? demanda-t-il.

— Je n'ai pas été transformée en vampire mais en ange. Si tu souffres du rayonnement solaire, je souffre de celui de la lune, expliqua-t-elle.

— Alors, qu'est-ce qu'on fait maintenant ? demanda-t-il.

— Embrasse-moi comme au temps où nous étions amants, pour en finir avec la malédiction ! argua-t-elle.

Ace s'exécuta et alors qu'ils s'embrassaient, ils devinrent tous les deux poussière. Ainsi, ils furent fidèles à leurs vœux de mariage qui dataient de plusieurs siècles, en demeurant ensemble jusqu'à la fin !

> — Lorsque le jour succède à la nuit, nous devons tous nous unir. Nous allons apporter l'harmonie entre les ténèbres et la lumière.

La mission de Martin Puther en Chine

Hé, toi !

Je me figeai lorsque j'entendis une voix féminine teintée d'un accent chinois qui m'interpellait. Je fus surpris par le fait que cette femme eut crié en français, mais je supposai que ma chevelure blonde et ma stature avaient trahi le fait que j'étais étranger. Je pivotai et dévisagea la vigile qui se tenait dans un laboratoire secret du gouvernement. Sa peau tannée indiquait qu'elle avait été contaminée par le virus Hei Bai.

— Vous empiétez sur une propriété gouvernementale ! cria-t-elle.

— Et pourtant, vous ne m'avez pas tiré dessus dans le dos ? répondis-je sur un ton sarcastique.

La garde eut un mouvement de recul et elle pointa son fusil sur moi. Je mordis ma lèvre, je ne devrais pas être aussi méprisant alors que j'étais si proche de la mort, mais pourquoi affronter la mort avec un sentiment de peur ?

La garde baissa son arme.

— Je ne voudrais pas tirer sur le célèbre Martin Puther, vous êtes un héros ! J'ai adoré la fois où vous avez sauvé le monde de l'homme aux dents d'or, répondit-elle. Soulagé, je soupirai. Alors que je devais être un déplorable agent secret, puisque ma renommée s'était répandue dans le monde entier, il semblerait que cela m'ait sauvé la vie... Pour le moment.

— Merci. Oui, sauver le monde en empêchant Joseph Goldteeth d'accomplir son plan diabolique a été une sacrée aventure, répondis-je.

— Oui. Je suis l'une de vos plus grandes fans. Je m'appelle Li-Na Peng, répondit-elle humblement.

— Puther, Martin Puther. J'aimerais vous serrer la main, mais... répondis-je.

Puis j'ai jeté un coup d'œil sur les énormes boursouflures qui pullulaient sur les bras de Li-Na Peng.

— Je comprends. Êtes-vous ici pour voler un échantillon biologique du virus C ?

demanda-t-elle.

Au vu des circonstances, mentir était inutile, alors j'ai répondu.
— Oui. Sais-tu où il se trouve ?
— Oui, venez avec moi, répondit-elle.

Li-Na ouvrit la porte, et nous entrâmes dans un passage étroit. Au bout du tunnel, Li-Na soumit son iris à un scanner optique. Nous pénétrâmes dans le coeur du laboratoire, l'endroit où ils conservaient la séquence ADN.
— Je vais effectuer une copie de la fournée du virus. Attendez ! ordonna Li-Na. Puis, elle se mit à taper sur un ordinateur.

J'étudiai mon reflet sur une statuette argentée et brillante. Si porter un smoking au lieu d'une tenue de protection adaptée semblait idiot, cela m'avait sauvé la vie car ma notoriété avait convaincu Li-Na de m'aider.
— Cette statuette appartient à mon père, le Président Directeur Général Jing Peng. Il a répandu le virus en contaminant les approvisionnements en miel de Chine, révéla Li-Na.
— Il aurait dû te parler de son plan maléfique, lui fis-je remarquer.
— Pourquoi pensez-vous que je vous aide ? se moqua-t-elle.

L'ordinateur émit un bip, et un synthétiseur de virus éjecta une fiole contenant le virus.
— Voilà. Prenez cette fiole. Faites un antidote et sauvez le peuple chinois de la tyr-

annie imposée par mon père, plaida Li-Na.

Une alarme se déclencha et une floppée de communistes enragés débarqua et me tira dessus. Mon armure furtive me protégea alors que je tirais sur les gardes à l'aide de mon pistolet petit mais bien efficace. Li-Na ne fut pas équipée d'une telle armure et elle mourut à terre, bafouillant ses dernières paroles.
— Martin ! Sauve la Chine !

- Je ne voudrais pas tirer sur le célèbre Martin Puther, vous êtes un héros ! J'ai adoré la fois où vous avez sauvé le monde de l'homme aux dents d'or.

L'éternité peut attendre

Mark Silver était en train de conduire sa Mercedes, dont le nom de famille brillait par-dessus la peinture. Il pensait à Joanna, sa femme. Elle lui avait conseillé de ne pas se précipiter et de rester à l'intérieur tant que la tempête faisait rage. Toutefois, il ne pouvait rester cloîtré à la maison. Sa femme était sur le point d'accoucher à l'hôpital, et il ne voudrait pas manquer cette opportunité unique dans leur vie de partager ce moment en sa compagnie.

Submergé par l'anxiété, Mark ne remarqua pas que la pluie torrentielle avait provoqué un glissement de terrain. Il fonça droit vers le danger, puis la voiture fut emportée par le terrain glissant et passa par-dessus le rebord d'une falaise.

Un choc à la tête ramena Mark à la réalité. L'impact lui rappela sa courte carrière de boxeur lorsqu'il avait participé à une collecte de fonds pour une association de boxe. Lorsque Mark reprit conscience, il réalisa quelle terrible vérité pesait sur lui. Il ne s'était pas réveillé sur un ring de boxe entouré par des tribunes resplendissantes. Au lieu de ça, il était coincé dans une voiture qui prenait l'eau de toutes parts.

Mark essaya d'en sortir mais les fonctionnalités premium du véhicule contrecarraient ses plans. De nombreux airbags le clouèrent sur place, et il ne put pas ouvrir la vitre à cause d'un dysfonctionnement électrique.
« Satanée voiture, pourquoi n'y a-t-il pas une poignée manuelle pour ouvrir la vitre ? » fut sa dernière pensée avant de sombrer dans le noir.

— Bienvenue, Mark !
Mark entendit la voix faible d'une gentille vieille famille qui le saluait. Mark ouvrit ses yeux. Il se trouvait dans un jardin magnifique qui ressemblait à celui de l'Eden.
— Suis-je mort ? demanda-t-il.

La vieille femme secoua sa tête avant de lui répondre.
— Ne sois pas ridicule. La mort est un état physique dans lequel on ne sent rien, comme si l'on n'était jamais né.
— Dans ce cas, quel est cet endroit ? demanda-t-il.
— Quand une personne meurt, le cerveau reste actif pendant quelques minutes. La privation d'oxygène et le manque de sensations permettent d'atteindre un niveau de conscience plus élevé. En raison de l'absence d'informations sensorielles, ces minutes peuvent avoir l'impression de durer une éternité, révéla la femme.
— Et que se passe-t-il lorsque je meurs ? de-

manda-t-il.

— Tu ne le sauras pas. Tu ne peux pas expéri-
menter ta propre mort. C'est un paradoxe !
répondit la femme.

— Ok. Alors, qui êtes-vous ? Et qu'est-ce que
vous pouvez me dire d'autre à propos de cet
endroit ? demanda-t-il.

— Je suis un avatar de ton niveau de conscience
le plus profond. Pour toi, je me nomme Gaia,
mais je peux prendre n'importe quelle forme,
répondit la femme.

— Et que va-t-il advenir de ma femme et de
mon enfant ? demanda-t-il.

Gaia s'interrompit un court instant, puis elle
prit une profonde inspiration avant de répondre.

— Mark. Tu es stérile, et tu ne peux pas avoir
d'enfants. Tu le sais. En ce qui concerne l'enfant
que ta femme est sur le point de mettre au
monde à l'heure où l'on parle, sache que tu as
fermé ton coeur à ta femme, répondit-elle.
En attendant cela, Mark fut envahi par la colère
et il se déchaîna.

— Cette salope ! Je savais qu'elle me trompait.
Gaia secoua la tête, prit la main de Mark et le
regarda dans les yeux. Mark se calma. Il n'y
avait pas de raison pour pénétrer dans l'au-delà
le coeur rempli de rage.

— Tu as donné à Joanna un choix impossible à effectuer. Tu voulais un enfant alors que
ta semence était stérile. Elle a fait ça pour te
combler, expliqua-t-elle.
Mark était sur le point de répondre lorsque sa
vision commença à se flouter.

— Suis-je en train de mourir ? demanda-t-il en
haletant.
Gaia secoua la tête et il fut plongé dans l'obscu-
rité.

L'émergence d'une lumière blanche et vive lui

brûla les yeux. Il se réveilla, entouré de mem-
bres du personnel soignant.

— Il est vivant ! C'est un miracle ! s'exclama
l'un des docteurs.

> L'émergence d'une lumière blanche et vive lui brûla les yeux. Il se réveilla, entouré de membres du personnel soignant.

Mark eut la tête qui tourne et s'évanouit de
nouveau.
Joanna et Jasmine, sa fille, lui rendirent visite le
même jour. Mark savait ce qu'il devait faire. Gaia
ne l'avait pas ramené à la vie pour rien.

— Joanna, je sais que Jasmine n'est pas ma fille
biologique ! affirma-t-il.
L'expression du visage de Joanna changea, et un
sourire forcé s'effaça.

— Joanna, je t'aime toujours. Je suis au courant
au sujet de ma stérilité. Avant, j'étais dans le
déni. Cependant, je réalise pourquoi tu as agi
de la sorte. Je veux t'aimer toi et Jasmine comme ma propre fille, si tu es d'accord ? s'enflam-
ma Mark.

Joanna ne répondit pas. Des mots n'étaient
pas nécessaires. Ils se prirent dans les bras et
se mirent à sangloter. En ce jour, ils avaient la
chance de vivre un nouveau départ, ils s'aim-
eraient mutuellement et chériraient leur fille
plus que jamais.

Le pyromane sauvé par un heureux hasard

3:00, 2:59, 2:58

Je regardai le compte à rebours sur la bombe que j'avais installée dans la centrale électrique Blackwater. Ça y était. Moi, Samuel Thistlethwaite, je ne pouvais plus vivre avec mon secret. Quelques années plus tôt, j'avais lancé un feu, déclenchant l'un des nombreux incendies de forêt qui avaient eu lieu en 2019. Mon terrible crime avait détruit mon village natal Honeywood, et j'avais également mis fin à ce que j'avais de plus cher. Mon seul véritable amour, Sally Swallow, une camarade d'enfance que j'avais connue à l'orphelinat, et qui avait péri dans les flammes.

Mon crime était resté confidentiel pendant des années. Pire, je m'étais réinventé et avait appris à me servir du mensonge pour progresser dans la vie. Mentir m'avait aidé à atteindre des sommets. Au moins celui de Blackwater. En tant que conseiller municipal, j'avais convaincu mes pairs que le meilleur moyen d'éviter de futurs feux de brousse était de raser les forêts

environnantes. Mes actions avaient permis de préserver Blackwater bien que cela causa l'extinction des cacatoès de Banks. Un sacrifice inutile, ai-je reconnu à l'époque, puisqu'il y avait encore des cacatoès blancs.

Un jour, je fus frappé par une illumination lorsque je tombai sur une illustration oubliée depuis longtemps de Sally en train de donner à manger à un cacatoès de Banks. Je réalisai alors que ma vie n'avait pas de sens. Non seulement j'avais provoqué la mort de celle que j'aimais, mais en plus j'avais également tué les animaux qu'elle aimait. Et pourquoi ?

Je compris donc que me suicider tout en démolissant la centrale électrique polluante était le seul moyen de me racheter. Détruire était tout ce que je savais faire. Ainsi, je pourrais au moins réduire en poussière un édifice odieux pour contribuer à créer un monde meilleur.
« 1:00, 0:59, 0:58 »
— Étoile filante, où es-tu ? entendis-je venant d'une jeune fille.

Je me rendis compte que j'avais laissé la porte ouverte. Une jeune fille s'était introduite à l'intérieur pour chercher son animal de compagnie dans la centrale abandonnée qui était sur le point d'exploser. Je pivotai et un cacatoès de Banks s'assit sur mon épaule.

« Désamorce la bombe ! Désamorce la bombe ! » cria et chanta le cacatoès.
Je m'agenouillai et désamorçai rapidement la bombe.

La fille me remarqua.
— Oh, te voilà, Étoile filante, s'exclama-t-elle joyeusement.
— Qu'est-ce que tu fais ici, petite fille ! Ce n'est pas un endroit pour un enfant, lui hurlai-je dessus, dès que je la vis.
— Je suis désolée, la porte était ouverte, et mon oiseau est entré. Ma maman m'attend dehors, répondit la fille.

Puis, elle se précipita dehors. Je la poursuivis et sortis de la centrale. Alors je la

vis, Sally, le visage recouvert de brûlures au troisième degré.
— Sally, tu es vivante ? m'exclamai-je.
— Oui, je suis resté à l'écart, répondit-elle. Je m'effondrai à genoux.
— Je suis navré, Sally. C'est moi qui ai déclenché le feu qui t'a mutilé en 2019, dis-je en gémissant.
— Je sais, mais je suis mourante, et Ciri a besoin de son père, dit-elle en haletant. Puis, elle s'évanouit.

Alors, je consolai Ciri. Bien que ce fut un jour terrible, un heureux hasard m'avait sauvé la vie et offert un but.

Tu es le prochain !

Je finissais d'écrire ce courrier avec le sang de mon adversaire déchu. Je plaçai son doigt découpé avec la lettre dans une enveloppe que je comptais envoyer à mon plus grand ennemi. Je l'enverrai au Dictateur Rouge du Pôle Nord, également connu sous le nom de Père Noël.

Ma vie était régie par la servitude depuis ma naissance. Je n'avais même jamais connu mes parents. Telle était la détresse infligée aux elfes qui travaillaient dans le complexe secret du Dictateur Rouge dans le cercle Arctique. Pour le monde externe, le Père Noël était un mythe, mais pour moi et mes camarades elfes soumis à l'esclavage, il incarnait une réalité brutale.

Bien sûr, la plupart d'entre nous ne le percevait pas. Autrement, nous nous serions rebellés depuis des siècles. Pour la majorité

de mes congénères, nous avions un but à remplir. En travaillant inlassablement ensemble à la fabrication de cadeaux, nous récompensions les enfants qui se comportaient convenablement. Mais quand étions-NOUS récompensés ? Que faisait-on de nos rêves et de nos espérances ?

Les choses avaient été plus simples dans le passé. Des trois cents premières années de ma vie, je n'avais pas d'autres souvenirs. Nous avions des réunions quotidiennes, où nous chantions en rangs des chansons de Noël à la gloire de notre vénéré Dictateur Rouge. Je réalisai que le Père Noël avait utilisé les mêmes tactiques de propagande qu'Hitler et que Kim Jong-Un avait employé pour influencer les esprits de leurs citoyens.

Je vis les choses sous un nouveau jour à cause d'une coincidence. Nous, les elfes, n'étions pas autorisés à jouer avec les jouets que nous fabriquions. Pourtant, un jour je fis accidentellement tomber un jouet du tapis roulant. Alors que je le ramassai, je décidai de ne pas le reposer dessus. Je me sentais contraint de découvrir ce que

c'était.

Je dis à mon superviseur que j'étais malade et que je ne pouvais pas travailler. C'était un choix dangereux. Si le Père Noël ne me considérait pas comme quelqu'un d'indispensable, il me jetterait dans le froid polaire. Dehors, je mourrai à cause de l'hypothermie à moins que je ne sois mangé par un ours polaire. Cependant, je devais savoir quel était ce jouet.

J'activai la tablette, puis je cliquai sur différents liens. Le monde était magnifique, il y avait tellement de choses à voir. Tant d'endroits que le Père Noël ne m'avait pas autorisé à admirer. Les enfants que nous servions menaient une vie bien plus heureuse que nous, traités comme des esclaves par notre terrible dictateur rouge.

de délivrer des millions de cadeaux en une seule nuit. J'étais à peine un serviteur faible et peu expérimenté. Cela n'avait plus d'importance. L'heure était venue.

Le Père Noël devait mourir !

Aujourd'hui, je décidai d'agir. C'était maintenant ou jamais. J'avais tendu un piège à Madame Noël en lui faisant croire que j'organisais un barbecue. Désormais, elle gisait morte en-dehors de notre complexe secret, enfouie par la nuit arctique. Mais je devais affronter mon pire ennemi.

Je comprenais que je n'allais pas en sortir vivant. Mon ennemi était une entité surpuissante capable de manipuler le temps et

Plouf

Une bombe à eau remplie avec un colorant jaune frappa Soeur Cherise de Mont Blanc derrière son crâne. Cela mit fin à sa prière en hommage à une représentation de Saint Martin dans un petit sanctuaire situé dans les Alpes françaises.

— Ha-ha. Tu ressembles à un citron ! le charria Jacques de Ville de Mer, un vaurien irresponsable qui habitait dans le coin.
— Cher Père, je vous prie de me donner la force de résister au démon qui me provoque, marmonna Cherise.

Elle savait que ses prières étaient inutiles. Cherise était devenue la principale exorciste de la région, et elle avait repoussé une douzaine de démons ces dernières années. Contrairement aux croyances des gens, ce n'était pas un signe de bienveillance divine. C'était même plutôt l'opposé. Le talent de Cherise pour l'exorcisme était dû à la puissance de son démon intérieur.
— Ne sois pas en colère, Cherise. C'est

juste une blague, cette couleur va s'en aller facilement, plaisanta Jacques.

Cherise prit une profonde inspiration mais ne répondit pas. Pourquoi était-ce si difficile de maîtriser le démon ?
Jacques s'approcha de Cherise et il commença à détacher son tablier.
— Allons Cherise. Laisse-moi t'aider à retirer ces vêtements trempés pendant que je mouille d'autres parties de ton corps, le tenta Jacques.
— Nous ne devrions pas, et si quelqu'un nous voyait ? objecta Cherise.
— Tss, tss. La peur d'être découverts ne fait qu'ajouter du piment, gloussa Jacques.

Cherise céda et elle retira le ruban de ses cheveux pour les libérer. Il était temps d'embrasser le démon qui vivait en elle.

Jacques baissa sa culotte et il la baisa comme s'il était possédé, ce qu'il était. Le démon de Cherise s'en était assuré. Au moment où Jacques se mit à jouir, Cherise se retourna et ouvrit la gorge de Jacques avec ses dents acérées, mettant fin à sa vie. C'était comme ça que l'on libérait

Melchriess la démone.
Melchriess était la démone
des amants assassinés, et une
fois que Cherise eut massacré
Jacques après leurs ébats, elle
réintégra son monde d'origine
et vida Cherise de ses forces.
Puis, elle laissa le corps dénudé
et sans vie à côté de celui de
Jacques.

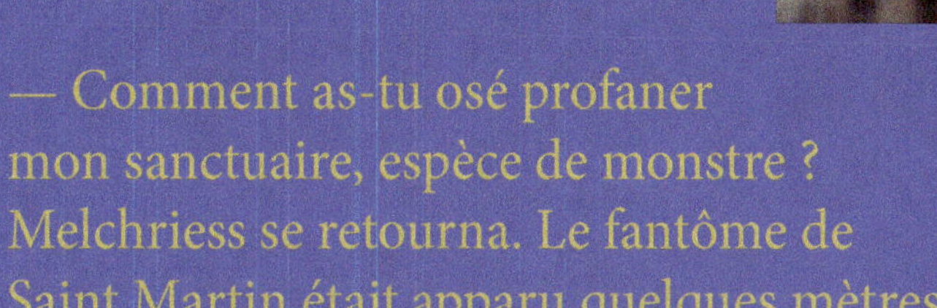

— Comment as-tu osé profaner
mon sanctuaire, espèce de monstre ?
Melchriess se retourna. Le fantôme de
Saint Martin était apparu quelques mètres
derrière elle.
— Bah, un esprit
inférieur ose m'em-
bêter ? se gaussa
Melchriess.
— Tu oublies où tu
te tiens. Ce sanctu-
aire me confère de

> Au moment où Jacques se mit
> à jouir, Cherise se retourna et ou-
> vrit la gorge de Jacques avec ses
> dents acérées, mettant fin à sa vie.

la puissance, répondit Martin.
— Bah, le saint Patron des pauvres contre
la démone des amants assassinés. Ne me
fais pas rire ! se moqua
Melchriess.
— La compassion me
renforce, clama Martin.
Puis, il prit Melchriess
dans ses bras, ce qui la
dérouta.

— Je suis prêt, seigneur ! murmura Martin.

Un éclair de lumière frappa le
corps du saint et le consuma ainsi
que celui de la démone. Enfin, le
sanctuaire s'effondra.

Et c'est ce dont moi, Michael de
Baloo, ait été témoin lorsque le
seigneur a détruit notre sanctuaire sacré.
Fin.

Le bon côté de la théocratie

Cinq, quatre, trois...

— Attends, je vais te dire ce qui s'est passé ! suppliai-je Agnès, la directrice.
— Ok, Sandra. Dis-moi à quoi servent ces pilules ! me pressa Agnès.

Pour moi, c'était un dilemme. Sous la direction du grand clerc Mitchell Cent, l'utilisation de contraceptifs était illégale aux États-Unis, étant donné que les relations sexuelles étaient seulement autorisées dans le cadre de la reproduction. Cela n'empêchait pas des contraceptifs de traverser les frontières, à tel point que ces produits s'importaient plus que la cocaïne aux États-Unis, la drogue qui était la substance illicite la plus importée auparavant.
— On dirait des contraceptifs. Tu blasphèmes la volonté de Dieu ! m'accusa Agnès.

Je pleurai. J'avais besoin de me rapprocher d'Andrew, mon petit ami, et de faire l'amour, mais je n'avais que 17 ans et je ne pouvais pas tomber enceinte. Je rêvais d'aller à l'université, de voyager et de subvenir à mes besoins par mes propres moyens. Je ne désirais

pas rester à la maison, condamnée à devenir une machine à enfanter alors que l'intelligence artificielle et les systèmes automatisés effectuaient tout le travail dans notre société.
— Mais Madame la Directrice, n'avez-vous pas fait l'amour quand vous étiez jeune ? N'était-ce pas agréable d'avoir le droit de faire ce que vous vouliez avec votre propre corps ? plaidai-je.
— Oui. Mais cela date d'une époque saugrenue où les libertés civiques étaient excessives. Lorsque le grand clerc Cent a été intronisé au pouvoir, les choses ont changé. Nous avons compris qu'avoir un rapport sexuel sans avoir l'intention de se reproduire était contre-nature. C'est pourquoi nous avons remplacé les anciennes lois par le décret religieux du grand clerc, révéla Agnès.
— Mais vous n'avez pas pris du plaisir à cela lorsque vous étiez jeune, de coucher sans vous soucier de tomber enceinte ? demandai-je.

sbaf

Ma joue brûla et rougit lorsqu'Agnès me gifla avec une force incroyablement étonnante. Même si elle était âgée de 70 ans et qu'elle avait l'air fragile, la directrice Agnès puisait une force considérable dans sa foi religieuse. Je me mordis la langue, craignant qu'elle décrocherait le téléphone pour me dénoncer à la police religieuse. Au lieu de cela, je fus surpris lorsque je l'entendis pleurer. Si sa réaction m'étonna, je ne pus m'empêcher de serrer contre moi la vieille femme qui me tourmentait afin de la consoler.

— Allez, allez, tout va bien se passer, murmurai-je.

— J'ai été comme toi, sanglota-t-elle.

— Vous voulez me dire ce qui s'est passé ? l'ai-je encouragé.

— J'ai utilisé des contraceptifs pour m'adonner aux joies du sexe jusqu'à l'âge de 27 ans. Ensuite, j'ai voulu faire des enfants avec John, mon mari. C'est à ce moment-là que j'ai appris que j'avais un cancer du col de l'utérus. Maintenant, je suis vieille, seule et je n'ai ni enfants ni petits-enfants. Cela s'est produit parce que j'ai eu un comportement inapproprié quand j'étais plus jeune, avoua Agnès.

— Mais vous n'avez pas à être seule. Mes grands-parents sont décédés. Vous pouvez devenir ma grand-mère adoptive, suggérai-je.

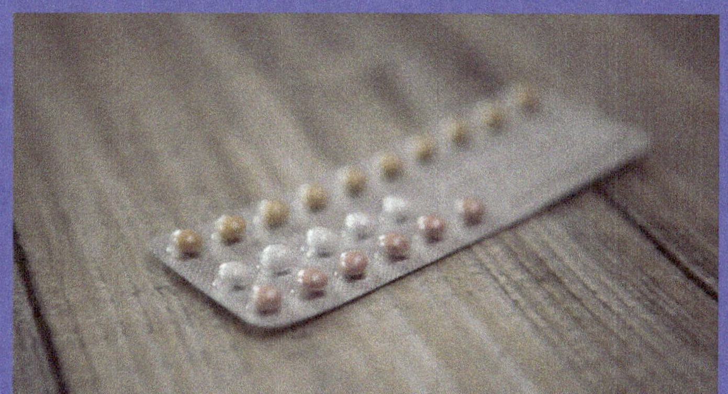

— Cela te plairait ? demanda-t-elle.

— Oui, Andrew et moi adorerions manger avec vous le dimanche, m'enthousiasmai-je.

— Dieu soit loué ! J'ai enfin la petite-fille que j'ai toujours rêvé d'avoir. Je vais te procurer des contraceptifs. Tant que nous continuons à prier tous les dimanches, répondit Agnès.

J'acquiesçai puis je lui souris. Même si je n'aimais pas les prières, la directrice Agnès avait accepté de me protéger et je pouvais désormais mener ma vie comme je l'entendais. Dans la vie, il y avait toujours un bon côté.

Fin.

Jenga juxtapositionnel.

Juxtaposer des pièces est le meilleur moyen de prendre de la vitesse à Jenga, affirmai-je tout en retirant une pièce en bois de la grande tour Jenga qui se trouvait au centre de la salle. Puis, je la plaçai à côté d'une autre pièce.

— Bordel, de quoi tu parles ? ricana Amanda Ramirez, membre d'un cartel bolivien.

Je dévisageai ma geôlière dont le corps était recouvert de tatouages plutôt cool. Elle était franchement canon. Si elle n'avait pas tenu une machette dans sa main, qu'elle n'avait pas eu un pistolet enfoui derrière la ceinture de son pantalon et qu'une grimace inquiétante n'avait orné son visage, j'aurais volontiers réalisé quelques acrobaties avec elle dans un lit.

Mais comme j'étais Paula Puther, la soeur de l'agent australien expérimenté Martin Puther, j'étais habituée aux situations périlleuses. Toutefois, je ne m'étais jamais retrouvée dans une situation aussi merdique.

Je me trouvais en Bolivie et j'étais en retard pour ma visite guidée du Lac Titicaca en bateau après avoir ingurgité trop de salteñas, les pâtisseries locales. À mon grand désarroi, j'avais raté le bateau. Alors que je me reprochais ma gourmandise et mon manque de ponctualité, j'entendis des percussions provenant d'un club situé à proximité.

— Allez, espèce de tapette ! dit Amanda, ce qui ne voulait visiblement pas dire « Entrez je vous prie, nous sommes ouverts. »

En dépit de nos difficultés linguistiques, nous finissâmes par jouer à Jenga pour passer le temps. Amanda attendait un ordre de son boss, pour savoir si elle devait me tuer, pendant que j'espérais que mon charme irrésistible fasse son effet et que mes talents de séduction nous incitent à nous accoupler plutôt qu'à nous entretuer.

Cela dit, mes tentatives ne semblaient pas fonctionner en ce jour et la tour chancelait dangereusement, donnant l'impression qu'elle allait s'écrouler. Que pouvais-je faire pour m'en sortir ? Je me rappelais la fois où j'avais regardé l'intégrale de Lucifer en une traite, à l'époque où nous étions confinés à cause de la prolifération du coronavirus, et je décidai d'imiter sa tactique spéciale sur ma ravisseuse qui était à la fois colérique et sexy. Je la fixai dans les yeux.

— Amanda, dites-moi. Qu'est-ce que vous désirez ?

Je ne la quittai pas du regard pendant plusieurs secondes, imaginant un dénouement idyllique. Ce qui ne se produisit pas.

Mon regard lubrique énerva Amanda et elle se mit à crier.

— Arrête de me regarder comme ça, connasse !

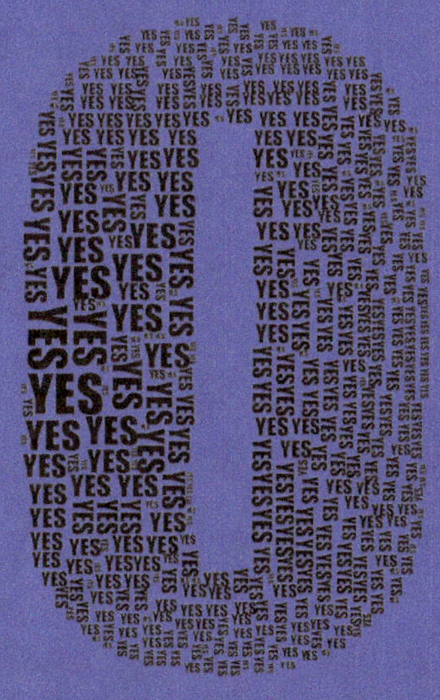

> Mon regard lubrique énerva Amanda et elle se mit à crier.
> — Arrête de me regarder comme ça, connasse !

Je pensai m'excuser, mais je fus interrompu par un appel de son boss. Je n'ai pas compris grand-chose de leur discussion téléphonique, à part deux mots en espagnol qui voulaient dire « Tue-la. »

Me rendant compte que je n'allais pas m'envoyer en l'air aujourd'hui, je décidai de partir. Aussitôt, Amanda balança sa machette dans ma direction. J'évitai son mouvement et je la fis trébucher pour qu'elle percute l'immense tour Jenga. Alors, elle perdit connaissance. Le choc l'étourdit et j'étais désormais libre. Je considérai l'idée d'agir comme une gentille fille et de prendre soin de mon ennemie à terre, mais je pensai qu'il était préférable de sortir d'ici vivante. Je marchai vers la porte, et avant de sortir, je m'exclamai : « Jenga ! »

Fin.

D'un enterrement à un mariage

Non ! Dominic, pourquoi a-t-il fallu que tu meures ? s'exclama Lisa avant de cogner sur son cercueil dans l'église remplie de monde.

Dominic Morell était un comédien célèbre et Lisa avait cru qu'il plaisantait quand il l'avait appelée depuis l'hôpital pour lui annoncer qu'il était sur le point de mourir. Il avait prétendu succomber à la grippe actuelle dont le gouvernement tirait profit de sa prolifération pour avoir le contrôle sur les masses d'ignorants. Pourtant, elle était là, présente aux funérailles de son fiancé, et le pire, c'était que les funérailles avaient lieu le même jour que leur mariage prévu de longue date.

Ainsi en avait voulu Dominic. Ses derniers mots lors d'une visioconférence sur Zoom furent : « Je t'en prie, assure-toi que notre fête de mariage ait lieu le même jour que mes funérailles. Je ne veux pas payer deux fois pour l'église. »

Dominic était décédé seul et isolé en raison du décret mis en vigueur en 2020 par Scurry Morrissette et qui « obligeait les gens à mourir seuls en quarantaine. » Lisa s'éclaircit la gorge et elle observa ses amis dans l'assistance, ses proches et des journalistes.

— Dominic était un grand homme et sa mort m'a choqué. Il n'aurait pas dû mourir. Nous avions prévu de nous marier en ce jour fatidique.

Puis, Lisa se mit à geindre et à sangloter. Les flashs répétés des appareils-photos lui brûlèrent les yeux et elle fixa la foule avec des yeux incrédules.

— Bonjour. Je suis coincé entre le marteau et l'enclume. Est-ce que quelqu'un peut me sortir de là, s'il vous plaît ? Je suis

en retard à mon mariage ! cria Dominic à l'intérieur du cercueil.

Lisa fut choquée. Toutefois, entendre la voix de Dominic la remplit d'espoir. Elle attrapa une paire de ciseaux et coupa le ruban qui entourait la boîte. Puis, elle prit une profonde inspiration. Elle espérait qu'elle allait voir un Dominic bien vivant et en pleine forme, le visage orné d'un sourire malicieux. Pourtant, elle craignait qu'il fût vraiment mort de cette grippe et qu'il eut laissé un enregistrement à son intention, une sorte de dernière farce.

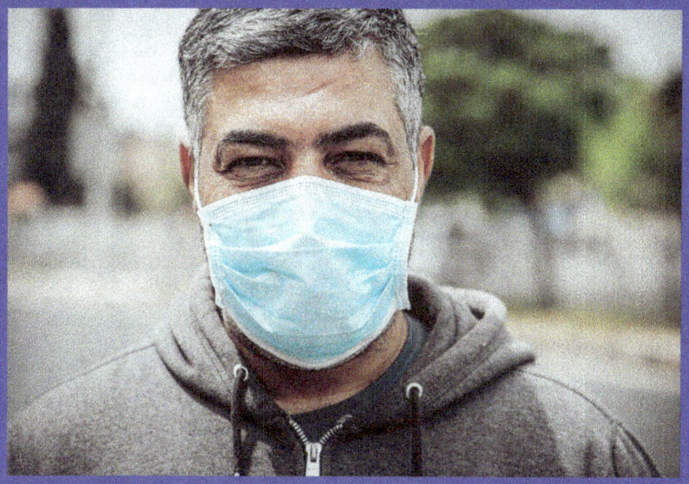

Lisa ouvrit le cercueil et Dominic jaillit, rayonnant.

— Salut Lisa, alors ? Tu es excitée à l'idée de célébrer notre mariage ? s'enthousiasma Dominic.

— Tu es vivant ! Mais comment est-ce possible ? Tu as été testé positif au virus et tu avais l'air réellement mourant la dernière fois que je t'ai vu ? s'interrogea Lisa.

— Oui. En fait, j'étais juste bourré, l'infirmière a testé par erreur une papaye, dit-il gaiement.

— Mais pourquoi as-tu simulé ta mort ? demanda-t-elle.

— J'avais peur que Scurry ne vienne pas à mon mariage. Cela dit, j'étais sûr qu'il ne manquerait pas mon enterrement. Alors, j'ai pensé que je pouvais surprendre tout le monde en organisant un mariage sous la forme de funérailles, expliqua Dominic.

— C'est du génie. C'est pour ça que je t'aime, s'exclama Lisa avant de l'embrasser.

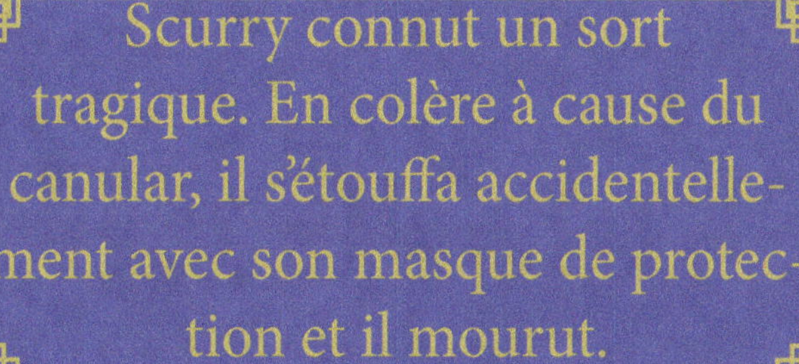

Après le mariage, Lisa et Dominic vécurent heureux ensemble pendant de nombreuses années.

En revanche, Scurry connut un sort tragique. En colère à cause du canular, il s'étouffa accidentellement avec son masque de protection et il mourut.

Fin.

Laisser le chat sortir du sac

Mon nom est Poussière, je suis une féline âgée de quatre ans. Je vis avec Jon, l'humain le plus excentrique qui existe. Tout ce qu'il fait, c'est fixer son ordinateur et appuyer sur des touches. Je ne peux pas comprendre comment il peut se satisfaire d'une vie aussi ennuyeuse. La mienne est bien plus excitante. La nourriture est abondante et il y a cinq endroits parfaits dans l'appartement de John pour y faire la sieste. Qu'est-ce qu'une fille peut demander de plus ?

Je rencontre un seul problème avec mon serviteur humain, il est sourd. De ce fait, lui demander de me donner à manger ne s'avère pas très efficace. Au lieu de cela, je dois me frotter contre ses jambes pour obtenir son attention, souvent il croit que j'ai besoin de câlins. Bah, ridicule. Mais comme je disais, une nourriture abondante et cinq endroits confortables pour dormir. La vie pourrait être pire.

Je me réveillai d'ailleurs après avoir piqué un bon roupillon lorsque j'entendis des cris perçants. Une souris ! Bien que John ne l'eût jamais expliqué concrètement, j'avais présumé que tuer des souris faisait partie de mon rôle dans le foyer. Je me faufilai derrière elle lorsque j'eus une révélation, traquer une souris représentait le moment le plus excitant que j'avais vécu depuis des années. C'était bien plus exaltant que de

regarder John en train de fixer son ordinateur. Et si je pouvais sympathiser avec la souris pour que nous puissions jouer tous les jours au jeu du chat et de la souris ? Cela rendrait mes huit prochaines années bien plus intéressantes que si je la tuais.

Je m'approchai de la souris puis je m'adressais à elle.
— Miaouw.
J'étais incapable de m'exprimer comme je le désirais. J'aurais voulu dire « Salut, je m'appelle Poussière. Je suis seule et je m'ennuie. Soyons amis. »
La souris répondit « Pip, iiii » et elle fuit. C'était rude, n'est-ce pas ? Ces satanées souris n'ont aucune manière. Je m'étais attendu à une vraie présentation !
J
e comprenais qu'il y avait une barrière entre nos deux espèces et que cela nous empêchait de communiquer. Il n'y avait qu'un moyen d'arranger ça. Chasser la souris et la garder prisonnière pendant que je lui expliquais mes intentions. Cela ne serait pas simple, mais je n'avais rien de mieux à faire.

Aussitôt dit, aussitôt fait, je traquais la souris. Rapidement, je la capturais. Je la tins avec ma patte postérieure droit en prenant soin de rétracter ma griffe afin de m'assurer que je ne

blesse pas ma nouvelle amie. Je regardai la souris droit dans les yeux, puis je m'adressais à elle.
— Miaouw, miaouw.
— Pip, pip.
— Miaouw, miaouw.

À la suite de notre conversation stérile, la souris se fit passer pour morte. Genre ! Je pouvais sentir son pouls. Soudain, je fus inquiète. Et si je l'avais tuée sans le vouloir ? Je libérai la souris avec ma petite patte, et je me rendais compte pourquoi ce n'était pas une bonne idée.
— Va te faire voir ! me dit la souris.
Puis, elle me mordit le bout du nez et s'en alla.

Je comprenais que je ne me ferais pas une nouvelle amie aujourd'hui. C'était le moment d'accomplir mon job et de tuer la souris ! Je me mis à la poursuivre et elle sauta dans le sac de John pour s'y cacher. Je bondis après elle mais au moment où j'entrais dedans, il bascula et se referma tout seul. Bizarre.
— Miaouw, miaouw, miaouw, criai-je.
Mais sans réponse, puisque John était sourd.

Il y avait tout de même un bon côté, j'étais coincée dans un espace confiné avec la souris, et nous disposions de suffisamment de temps pour résoudre nos divergences culturelles. J'appris que la souris s'appelait Couineuse et qu'elle avait donné naissance à soixante-douze enfants. Cependant, elle les avait tous laissés en Asie, lorsqu'elle eut grimpé à l'intérieur d'un cargo à destination de l'Australie.

Je me sentis un peu jalouse du fait qu'elle avait tant d'enfants alors que je n'en avais pas. Toutefois, j'étais en sécurité et je n'avais pas à chercher ma nourriture dans les poubelles, donc je n'étais pas à plaindre.

Enfin, John se saisit du sac dans lequel je me trouvais et s'en alla travailler. Je pensai à secouer le sac de l'intérieur pour lui signaler ma présence, mais je n'en fis rien. Couineuse avait mené une vie si trépidante et je me languissais de découvrir le monde extérieur à mon tour !

Au bout d'un moment, John posa le sac par terre, et je pouvais l'entendre taper sur son clavier au travail, comme d'habitude. Que l'homme mène une vie triste !

Ensuite, j'entendis une voix féminine lui parler.
— John, peux-tu venir me voir à mon bureau pour me montrer ton nouveau prototype ?

John prit son sac et le posa sur une table. Il l'ouvrit et attrapa Couineuse tout en regardant sa supérieure.
— Ahhh ! Pourquoi me donnes-tu une souris ? cria-t-elle.
— Oh ! Qu'est-ce que c'est ? hurla-t-il avant de jeter Couineuse contre le mur. De mon côté, je sortis pour m'assurer que Couineuse allait bien.
— Miaouw, miaouw ! (« Est-ce que quelqu'un peut appeler un vétérinaire, s'il vous plaît ? ») miaulai-je.

Mais aucun docteur ne vint. Au lieu de cela, une ambulance arriva un peu plus tard et transporta la patronne de John à l'hôpital. Apparemment, elle était gravement allergique aux chats. Qui l'eut cru ?

Finalement, Couineuse et la patronne de John survécurent toutes les deux à cette épreuve, mais John perdit son emploi à cause de cet incident. Cela signifiait qu'il allait avoir plus de temps pour s'occuper de moi et me tenir compagnie. Parfois, de bonnes choses se produisent quand un chat sort du sac.

> Finalement, Couineuse et la patronne de John survécurent toutes les deux à cette épreuve, mais John perdit son emploi à cause de cet incident.